그가
거기에

김태실 시집

초판 발행 2014년 2월 24일

지은이 김태식
펴낸이 안정현   펴낸곳 코드미디어
북 디자인 Micky Ahn   편집디자인 정지현   교정 교열 백동철

등록 2001년 3월 7일   등록번호 제 25100-2001-5호
주소 서울시 은평구 갈현로 318-1 1층
전화 02-6326-1402   팩스 02-388-1302   전자우편 codmedia@codmedia.com

ISBN 978-89-94178-88-2 03810

정가 10,000원

이 책의 판권은 지은이와 코드미디어에 있습니다.
잘못 만들어진 책은 교환해드립니다.

그가
거기에

김태실 시집

수확한 곡식 단을 메고
하늘에 감사하는 농부처럼
한 편의 시를 지을 적마다
농부의 마음이 되었다
행복의 밭에 몸을 숨긴
빛나는 기쁨 하나
불행이라 말하는 곳에 자리 잡은
희망의 씨앗 한 톨 주울 적마다
삶의 방정식은 정해지지 않은
바람 길이라는 것을

내겐 기쁨이고 희망인
시를 갈고 닦는 일
창작의 방에 오래 불 밝히는 일
내가 사는 길이다

2014년 봄에 김태실

contents

01
시간의 얼굴

02

발끝의 등불

contents

03
대지의 숨소리

04

엄마의 방

contents

05
그가 거기에

시간의 얼굴

01

가방

깃발 휘날리던 한낮
서류 뭉치 끌어안고 동東 서西를 엮던 걸음
파닥이던 잔물고기를 키워내고
떫은 감 단맛 들게 하느라 분주했다

햇살 기울 무렵
군데군데 허물 벗어 속살 내비친다고
벗어 놓은 양말처럼 한쪽으로 던져진 채
휑하게 비어버린 사각틀

시계 분침같이 느리게 닫혔다 열리는 시선
가죽 소파에 들러붙어
모세혈관 세포 하나하나 찍어 내는데
창살 뚫는 젊은 햇살에 차마 손 내밀지 못하는 가슴
날마다 낡아가는 푸른 기억 잊지 않겠다고
돌리던 영사기도 주춤거리는
익을 대로 익은 저녁 빛

맥없이 지키는 허공
시간의 헐렁한 터널을 이고
놓여있다

순리

매미 자지러지는 곡조 아직 멈추지 않고
밤이면 귀뚜리 구슬피 울어대는데
30년산 꽃사슴 칡넝쿨을 입에 물고 있다
한가로운 공원 햇살 비킨 그늘 벤치에서
참나무 잎 감나무 잎을 나눠 먹으며
눈빛을 빛내는 두 마리 사슴
가슴엔 분홍 하트를 이름표로 달고
휘영청 밝은 밤에도
차마 헤어지지 못하는 저 그리움

붉은 노을이 지면 아침이 올 줄 알고
아침이 오면 다시 저물 줄 알면서
만유인력을 발견한 뉴턴에게
새삼스레 박수를 보내는 21세기
신비한 그 힘에 이끌려
꽃사슴의 머리에 리본을 다는 손
떨리고 있다

쓰레기더미에서 피어난 꽃

고요한 숨결 피어

따스한 눈길에 행복했을 도자기 한 점

깨어져 비스듬히 누워있다

오래된 초가집 이엉처럼 참참한 빛깔

흙벽 허물어져 바람 드나드는 낡은 품새에

실오라기 곧추세운 대궁 끝

보랏빛 별꽃 달았다

잠자리 한 마리 내려앉기에도 벅찬

가녀린 가슴 열고 햇살 받아 마시는

생명의 꽃

아무도 눈길 주지 않는 버려진 더미

한 줌 흙속에 겨우 뿌리 내린 환생

여린 바람에 나불대는 머리 쓸어 올리며

절망은 갔다 말하는 희망의 꽃

그녀 위에 머문 온화한 햇살

마음 부시다

수선화

먼데 기적소리 들린다
순간 다가와 꽃밭의 풀 솎아내듯
안녕이란 인사를 태우고 사라지는 기차
어제, 이별의 손 흔들고 계단을 오르던 수선화
말 한마디 남기지 않고 떠났다
오늘, 그 계단 밟을 준비로 바쁜 금잔화
바람도 불지 않는데 몸이 흔들린다
어루만지던 찻잔의 온기
연리지처럼 들여다보던 마음자락
크레파스로 장난친 도화지 한 장 찢어내듯
지우려 한다
귀뚜라미 울음 양념처럼 배인 역사에
햇살의 손길 아랫목같이 따스한데
안녕, 손 흔들며 떨구는 꽃잎 한 장
이럴 줄 몰라
이렇게 떠날 줄 몰라
미뤄둔 털목도리 집어 들자
흐느끼는 기적
흐느끼는 기적

여인

물오른 줄기에 곁가지 세우고
마디 키워내던 진통
시간은 나이테 속에 숨 쉬고
한 올 빛깔로 무늬를 그린다

햇살에 드러나는 미세한 줄기
핏빛으로 흐르면
교차되는 애락을 품어 안고
몸살로 지새운 밤

꽃처럼 눈뜨는 삶의 기운에
가슴 설레는 미소로 답하며
사유의 뜨락에 피어나는
열매 향기에 취해
옷깃을 여미는 여인

그녀의 황금빛 날개깃이
곱다

화분

하나
둘
분은 늘어 가는데
그가 없다

반짝이는 손짓에
초롱한 눈
황홀한 시선을 한 몸에 받던 그는
온데간데없다

남겨진 껍질만
숙연히
그를 그리는데

삼월, 부신 햇살로 찾아온
따사로움
그가 되어
껍질마다 앉는다

비와 바람

햇살 빛나는 하늘
그 곁 어디쯤 은빛 실타래 숨어있다
아무도 알지 못하는 비밀한 시간
꽃잎 어루는 손길타고
뛰어드는 비의 도포
반짝이는 동그라미 축복처럼 뿌리며
나무 크는
꽃 웃는
새 목욕하는 소리 듣는다
보슬보슬 자란 키에 스며
흔적 없이 존재하는 이야기

산과 들
거니는 손 어디쯤
은빛 날개
하얀 발자국 새길 날
기다린다

전이 轉移

한 여인 내게로 와 불을 붙인다
하루하루 몸살하며 피워낸 불꽃
정제한 시어로 질펀하게 쏟아낸 불덩이
순간 흠칫 놀라며 손을 데었다

타닥타닥 타들어가다
소리 없이 불씨로만 남아있던 내 아궁이
그녀의 붉은 불꽃 뛰어들어
형상 하나 만든다

용광로 같은 불덩이
사랑 눈물 살라 쌓은 탑
곁눈으로 배우며 탑 하나 쌓고픈 가난에
적선하듯 나비처럼 날아든 정열

그녀 내게로 와
불을 붙였다

빈 집

빈집이 양지에 앉아있다
녹슨 펌프
쑥부쟁이 키를 재는 마당 한켠에
각인처럼 새겨있는 발자국

희미한 기억을 붙잡는
세월을 펼치면
흐느끼며 달려오는
바람의 향기

황금빛 햇살이 쏟아져 내려
상고머리 물들여 놓고
맑은 눈동자에 비치는
숨 쉬는 푸른 하늘

영원을 향해 사라진
발자국 하나 가슴에 달고
오늘은 주인으로
양지에 앉아있다

혼자 섯는 나무가 흔들린다

시간의 얼굴

조팝나무 바람에 너울대듯
하얀 손 흔들며 멀어지는 그대
보고 있다

비개인 맑은 빛으로 다가오는 봄은
같은 이름표에 해마다 다른 옷

기적소리 남기고 떠난 간이역에서
매번 손 마주잡길 기다렸지만
꽃등에 얹힌 은실 같은 햇살은
무심히 눈을 감는다

오늘도 멀어지는 그댈
바라보고 있다

빗방울 애가 愛歌

처음 고향 떠날 때
내 마음 흩트리는 바람에
구부러지거나 휘지 않고
먼 길 달려 왔네
오직 그대 보겠다는 일념으로
맑고 투명한 창에 뛰어들어
부서지고 흘러내리는
형체 잃은 사랑
그대 향한 마음 혈흔자국 남기고
나는 또 하염없이 흐르겠지만
유리창에 손 얹고 밖을 보는
그대 온기 기억할 수 있어
다행이네
흘러흘러 큰 물결 한 방울로
멀어져 가도
내게 남아 있는
그대 온기 간직하고
행복하다 말할 수 있는
빗방울

연밭

쏴아~~
파도가 인다
술렁이며 너울 춤춘다
겹겹 꽃봉오리
섬처럼 물결 속에
나타났다 사라지고
빛살 기울기 따라
한 겹
한 겹
파도를 키운다
햇살 먹어 익는 연밥
도토리만한 씨앗 감추고
섬으로 핀다
섬으로 핀다

눈

가슴에 뛰어들어 버들가지 꽃눈 틔우는

사라진 시간을 줍는 얼굴

물끄러미 들여다보다

그치지 않고 달려온 거리

가창오리 군무처럼

휘날리며 몸살했을 사랑의 전령

머리, 어깨에 소복이 받아

스스로 벗지 못할 껍질을 벗겨

부활시킨다

내 안의 너

한 점 명도로 말하는 무채색

흔적을 감출지라도

천만년 지나도 변하지 않을 실체

네 안의 나

시간을 다투어 사라지는 철새다

얼음나라

1세기 전쯤
지금 같은 얼음나라 있었다는데
네모면 네모대로 세모면 세모대로
덕지덕지 투명 옷 걸치고
겨울 햇볕과 겨루는 씨름판
유구하게 재잘대던 바다의 혀
파도까지 입 다물게 만든 기상
가두리양식장 물고기 허연 배 하늘 향하고
멈춰버린 낙지 다리에 붙어있는 얼음 알갱이
오징어 먹물 점으로 변해
살아있다는 의미 붙일 수 없는
백 년 전 그때도 이랬으려니
혹한에 갇힌 숨죽인 꽃망울
얼음나라에 심지 세운다

장미와 별

네모 속에 세모 있고
세모 속에 네모 있다
층층 계단
세모 속 네모
네모 속 세모
네모 안 세모
세모 안 네모
동그라미이고 싶은
네모와 세모
그대로 장미이고
그대로 별이다

장미 피는 고운 날 햇살 눈부시고
별 뜨는 고운 밤 달빛 은은해
낮에도 밤에도 만나는
아름다운 인연
그대로 별이고
그대로 장미이다

자물쇠의 기원

처음
천지를 휘돌던 바람처럼
하늘공원 억새밭을 휘도는 바람
전망대에 매달린 자물쇠 속을 들랑거린다
어디쯤 가고 있을까 한 쌍의 꽃과 나비
피안의 땅 바라보며 던진 열쇠
억새밭 뿌리 근처에 누워 있는데
서걱대는 갈대 걸음 걷고 있는지
73도의 꽃 피우며 걷고 있는지
손끝의 약속만 되새기는 자물쇠
달빛 은은히 외로운 밤
별빛 반짝이는 그리운 밤에도
가슴에 품은 언약 쓰다듬으며
뜨거운 쇳물의 열정 어쩌지 못해
떠도는 바람을 덥히고 있다

기도

메주 몇 덩이 안고
목까지 차오른 물
소금 간 되어 숯 고추 앉혔다
양수에 품었던 사랑 덩어리
쓴 빛깔만 울궈내
뭉클하게 떠나보낸 날
휘저어도 걸림 없는 자리
자리가 비었다
항아리 속 햇볕 들여
멀건 육신 뒤척이며 졸아든다
까맣게 매일 가슴 열어
손 모으는 마음
풍성한 식탁 되어라
희망의 눈동자 피어라
달큰하게 익는
어머니 기도

발끝의 등불

02

문

바람 수런수런하다
건넛집 구순 노인
오랜 잠자리를 털고 사라졌다고

꼬물한 올챙이 튀어 오르고
송아지 비틀대며 걷기 시작하는 봄
노오란 솜털 병아리의 다리 힘
거북 새끼 헤엄치는 바다
탯줄 자르는 소리
거룩한 하루가 널려있는 이쪽

꽃피고 열매 매달다 시들거나
때도 없이 눕는 풀과 나무들
물기 마르기도 전에 건너는
들고 나는 선 분명한 문가엔
어제도 오늘도 수런대는
바람만 바쁘다

딱따구리

새 두 마리
타원형 나무 둥지 드나들며
알 두 개 부화시켰다
벌레 찾는 딱따르르르
숲 속 울리고
바람 가르는 날갯짓

· · · · · ·
· · · · · ·
· · · · · ·

날개 접은 두 마리 새
바람 앞에 선
앙상한 나뭇가지

마지막 인사

바다 그리운 소라
스무 해 열어 놓았던 귀를 닫았다
태어나 귀 열리던 그곳
새날을 맞던 축제의 성전에서
반듯하게 누워 고향 간다 인사하는
저 매몰찬

삽시간에
바스러진 소라껍질
고무바퀴로 둔갑한 차가운 칼날의 난도질
잊지 못할 무참함을 가슴에 달고
고향 가는 길목에 들어섰다

어머니
쓰다듬어 햇살에 내 걸던 손길은 잊어도
이제 영원의 풀밭에서
시간 없는 시간을 살
영혼 하나 보낸다

이사

아파트 11층에 짐 오른다
시끄러운 기계음 타고 새 삶을 부린다
버리지 못해 추려온 살림살이가
햇살에 차례차례 도장을 찍고
사다리 끄트머리에서 등짐을 푼다

어떻게 이곳에 왔을까
살아온 시간을 접고 살아갈 시간을 펼치는
무엇이 살게 하는 걸까

길게 뻗은 사다리 할 일을 마치고
종이 접듯 차곡차곡 접혀져 사라졌다
차머리에 몸을 기대고 떠난 사다리처럼
우리는 또다시 삶을 접어야 하리
한 계단 또 한 계단

안개

희뿌연 물 알갱이 속에 갇혀
드러나지 않는 모습
꽃 서서히 피듯
녹아 사라지는 물방울 사이로
그가 핀다
한 송이 수국으로 앉은 그를 보면
가슴에 이는 그리움
강물로 흐른다
소리내 부르면 그에게 닿을까
연무를 추면 그가 볼까
선명했다 이내 사라지는 그
출렁이는 세월의 강에서
여전한 모습으로 웃고 있는
마흔세 살

분신이 자라 그의 나이 되었다
안개에 갇힌 그를 대신해 산다
영원한 나의 피붙이,
언니

공범

막 새로 태어난 며느리 입에
한 점 넣어주는 살코기
두 번 다시 받지 않고 얼굴 돌렸지
집안 가득한 냄새 가실 때까지 한 열흘
조의를 표하며 참아야 했어
연거푸 달고 살아도 질리지 않는
시집 식성을 의심하면서
나도 그렇게 되리라고 생각이나 했을까
세월이 공범이야
어느 해
입에 들어온 맛에 길들여
함께 끓이고 함께 뜯었어
구수하다 말하며 국물 들이켰지
개 한 마리는 그렇게 내게 왔어
혼자서 통째로 요리할 줄 알게 될 때쯤
사람들은 침을 흘리며 달려들었지
어느 순간 전수한 손길
처음 내 입에 넣어주던 그 손길 그리워
오늘도 보신탕을 끓이네
막 새로 태어난 사위 입에
한 점 살코기 넣어주는 초복

맛내기

끼니 때 되면 막다른 골목에 바람 모이듯
이삼백 발자국이 웅성대는 곳
빛 잃은 번뜩임으로 시간을 핥고
숙련된 조공처럼 식판을 챙긴다

백원짜리 한두 개, 가끔은 천원
그것도 없으면 그냥 배불릴 수 있는
팔달산 자락 사랑의 집

낯선 사람들 모여
오롯이 만들어낸 식단과
양념되어 살겠다고 십수 년째 버티는
사람의 한판 잔치

하늘과 땅을 버무리는 양념들
세상이 맛있다

숯

스무하루 몸 말려
가마에 든 참나무
불 지핀 순간부터 사흘 동안 태워
굴뚝 흰 연기 파란색으로 바뀔 때면
새단장을 서서히 마친다
가마를 벗어나
활활 타다 급살 하게 흙에 덮혀
다 태우지 못한 열정 감춰
좋은 숯이라 이름 붙고
서서히 가마에서 식어야 하는
사리꽃
섰거나 앉았거나 다시 불덩이 되어
그 사리마저도
흔적 없이 지우는 일

이제와 영원

언제부턴가
메마른 아스팔트를 걷기보다
포슬 하니 먼지 날리는 흙길을 걷고 싶었다
조금 무거운 바람이 다가와 손 내밀면
그 무거움 속에 숨은 깊은 무게에 눈길이 머물고
보이는 것이 전부인 것처럼 살아가는 세상에서
보이지 않는 세계는 갈수록 눈부시게
마음을 사로잡는다
그럴 적마다 스며들듯 찾아든 남양성지
야트막한 언덕을 걸으면 발이 가볍다
오밀조밀한 금낭화 비비추 꽃잔디
풀잎들이 내뿜는 그윽한 향기에
마음자락 아득히 초록으로 눈뜨고
겹쳐진 발자국 따라 걸으며
분향처럼 올리는 기도
나무가 되고 꽃이 되고 향기가 된다
실체를 잃고 실체를 찾는 성지에서
한발 다가서는
내일

발끝의 등불

스승의 회초리 매워
꼬박 사흘을 울었다
알 수 없는 설움이 북받쳐
맥놓고 울었다
사흘을 지내고 이유를 헤집으니
꽃밭 거니는 안일이의 모습 보인다
방향 어긋난 길 걷고 있는 줄 모르는
불 꺼진 발
그제야 부끄러워 가슴 저렸다
감사해서 가슴 저렸다
가지 못하겠단 길 다시 걷기 위해 지팡이 고쳐 잡고
가르침 염두에 둔 걸음
굵은 동아줄 소나기 쏟아질 때
보이지 않던 등불
여전히
내 앞에 있다

2월 하순

꼼짝없이 묶여있던 밧줄
툭툭 끊어졌다
한 치의 여유 없이 조여있던 손아귀
느슨해지고 그 자리
햇살 드나들어 말랑하다
견딜 수 없는 햇살의 애무

동토는 죽었다

분꽃 지려 하네

저녁 무렵 피었다가
아침에 오므리는 수줍은 꽃
밤마다 달빛 향해 가슴 열어
노란 이야기 주워 담더니
멀리 떠나려나 봐

활짝 문 열린 동백
어제 툭 떨어져 놀라게 하더니
화단에 핀 분꽃 오늘
그 모양 닮으려나 봐

어쩌지
따뜻한 온기 손끝에 남아
아직 손들어 배웅할 수 없는데
사리 같은 씨앗 감추고
노오란 분꽃 지려는가 봐

소나기

산등성이 군화발소리
소리 쏟아질 때 허둥대며 뛰었다
숨었다 불시에 나타나는 폭포
촘촘한 빗살 앞을 가린 수묵화
어머니 손길에 꽃피운 해바라기 고개 숙였겠다
어깨 움츠린 봉선화
좁은 개미집 흥건히 젖고
여린 실잠자리 휘청거린다
그래, 갑자기 소리 지날 땐
잠시 땅을 보자
땅을 보며 동그라미를 세어보자
살면서 이런 소리 몇 번 거쳤나
간간이 찾아오는 삶의 원동력
부숴뜨릴 기세로 달려드는 비천飛泉
순간 사라지고 마는 장막이다
소리 지나간 자리
고개 드는 백일홍

첫걸음

작은 텃밭
아직 다 골라내지 못한 자갈과 돌 틈바구니
누가 심어 놓았을까 씨앗 하나
암흑의 어둠 속에서 발아해
흙을 뚫고 간신히 내민 얼굴
털어내지 못한 붉은 흙가루는 아랑곳없이
부신 햇살에 눈 감는다
어디선가 들려오는 새들의 지저귐
살갗 스치는 바람의 손은 다정해
깊숙이 들이마시는 상쾌한 공기
시나브로 열리는 세상
키 큰 나무의 반짝이는 이파리
어딘가 걸어가고 있는 사람들
내 곁을 기어다니는 일개미 행렬
갓 눈 뜬 어린잎은 어지럽다
다행히 나팔꽃이 내민 손잡고
걸음마 타는
시詩의 문門

시가 있는 병풍

부드러운 붓술에 듬뿍 먹물을 들여
곱게 다듬는다
환하게 열린 화선지에 수를 놓으면
행서로 새겨지는 낙원의 일기
꿈인 듯 현실인 듯 쓰고 지우며
오롯한 마음으로 달리던 삼백 예순 다섯 날
여덟 폭 병풍으로 열매 맺어
꽃등불 밝히며 오래 살았다
검은 머리 희끗희끗 물 빠질 즈음
병풍에 깃든 세월의 흔적
꿈결 같은 시절이
손을 흔든다

나를 부르는 손 ─詩

그가 나를 훔쳤다
아롱대는 햇살 속에서
"들어와" 손짓하는 그 순간
첫걸음을 떼기 시작했지
아무것도 안 보여
빛살 사이에서 날 부르는 손 밖에는
작은 자갈들이 널린 길을 걸을 때
조금 뒤뚱댔지만 곧바로 익숙해졌어
여전히 나를 향해 나비처럼 나풀대는 손
계속 걸었지
작은 바위가 정강이를 스칠 때
휘청거린 나를 부축해 준건 너였어, 고마워
더 멈출 수 없어
네게 가까이 갈수록 눈부셔, 눈이 멀 것만 같아
나를 향한 네 다정한 손짓은 너무나 잘 보여
이제 만날 때 쯤 되지 않았을까
여전히 날 부르는 너
그래도 오라고
그래도 와야 한다고

솔

향이 난다
푸른기가 섞여있는 솔향이다
바닷바람 간간한 맛 배어
소나무 붉은 얼굴로 드러난다

덕적도의 가슴을 열어 보이는
말갛게 몸 씻은 새벽빛에도
그대 눈동자에 담기던
소나무향 묻어있다

늠름한 청년의 심장으로
덕적의 품에 안긴 소나무 숲
눈을 연 들판과 하나되어
자갈마당 해당화를 끌어안고
푸른 날개를 편다

대지의 숨소리

03

초봄

들린다
아이들 재잘거림 같은
흙눈 틔우는 소리
따스한 햇살에
씨앗 열리는 소리

튀어오르는 강아지풀은
귀를 열었다

졸음 겨운 양지녘
쑥 머리끝 올리는 소리
들려온다
보시시 깨는
대지의 숨소리

새

새벽이면 뜨는 귀 눈보다 먼저 떠
청아한 지저귐 듣는다
조롱에 갇혔는지
어느 듬직한 나무에 둥지를 틀었는지
늘 그 시간이면 요란한 고음이다
하얗게 구름 걸어온 길 보는데
아파트 숲에 가득한 울림
날고 있다
햇살에 이슬 부서지듯
해 뜨면 잠잠해질 너
화선지에 먹물 스미듯
또 다른 어둠이 새벽이다 외치고 나면
다시 듣게 될 너의 목소리

멀어져간 사람의 기억

생성된 세포가 소멸하는 일
존재하다 사라지는
그것은 해지는 일만큼 자연스럽다
오늘도 기억의 세포 하나 손 흔들며
뒷산을 돌아가는데
바람결에 들려오는 그의 환영
퇴색한 깃발
친구처럼 흔들리는 언덕에서
서성이는 발걸음
뮤즈

끊어진 끈
놓지 못한다

할미꽃 둥지*

저녁햇살 고운 루이제의 집** 뜨락은
할미꽃 무리 모여 기억의 숲을 거닌다
작은 움직임 따라 하나씩 살아나는 활자를 새기며
날개를 접는 둥지

'초록의 숲을 걸을 때 당신은 어디 있었소 물위를 성큼 걸
으며 날카로운 비상으로 깃털 하나 날릴 때 당신은 어디 있
었다구 비온 뒤 신발에 달라붙는 진흙을 떼어내며 걸었던
그 길은 어디서 본 듯 하구려'

빛을 따라 바람처럼 내달린 그들
서로를 묻지 않는다
홀로 걸어온 홀로가 되어
이슬과 서리 곁에서
얼굴을 마주하며 피었다
흔들리는 붓을 부여잡고 쏟아내는 몸짓 하나에
따뜻한 저녁이 저문다

* 할미꽃 둥지 : 양로원 內 서예 방
** 루이제의 집 : 가톨릭 무료 양로원

세월이 가면

말로만 듣던 오십견을 앓는다

밤이면 뒤척이며 신음하던
내 어머니의 관절염

이제
돌아누우며 저절로 흐르는
신음소리를 듣는다

귀향

한 송이 풀꽃 스러져
흙의 가슴에 얼굴 묻을 때
비로소 이루어지는 평안

빗줄기 구름으로 돌아가는 일이네
햇살 소리 없이 나뭇잎에 스며드는 일이네

산다화

마량리 동백숲 불 켜졌다
푸른빛 사이사이 꽃불 밝혔다
겹겹이 쌓인 문 살풋 열고
축포처럼 일어선 불꽃 향연
숲이 환하다
언덕배기 해풍 굴러오면
벙글벙글 바람파도
햇살 걸친 붉은 잎 초롱되어
노오란 불 켜고
봄을 깨웠다
벙긋 숨 쉬던 꽃송이
한순간 내려앉아
고운 빛 그대로 사위어가는 선혈
백마강에 몸 던진 삼천궁녀는 나풀나풀
옷자락이라도 흔들렸건만
툭 떨어진 그늘아래 산다화 물결
핏빛이다
매양 봄이면 여린 숨 일으켜 세우고
할 일 다 한 듯 침묵하는
부활의 꽃

생명 −나무의 부활

참 신기하지
겨울바람 눈감고 모른 척하더니
봄바람에 일제히 눈을 뜨고
싹을 틔워 마냥 싱그러운 새순들
어디에 숨어 있었는지

밋밋한 나뭇가지 여기저기
솜털 싸인 뾰족한 집 무수히 짓고
껍질 벗으며 목련 꽃잎 키우는
마술 같은 부활

참 신기하지
푸르고 흰, 노랑, 분홍
지닌 색깔 그대로 드러내는 속마음
계절의 시작 어떻게 알고
아장아장 발짝을 떼는지

살을 에는 칼바람에 눈감고
간지럼 태우는 봄바람에 살아나는 분홍꽃 마음
나무처럼, 그랬으면 좋겠네

해독

병목현상 앞에 꿇는 무릎

희뿌연 안개 속 흔들리는 저것
안경을 닦고 고쳐 써도
비웃듯 희롱하는 무채색 암호
그 암호 풀기 전엔
빠져 나갈 수 없는 포망

눈동자 굴리며 밤새 씨름하고
얼키고 설킨 길 죄다 헤매고 나서야
알았다
구중궁궐 깊은 속 맨 밑바닥에서 끌어올린
나뭇잎 띄운 물 한 바가지

어렴풋 동터오는 새벽 공기
한 잔의 생수로 들이킨다

오이지

가시 성성한 푸른 오이
한 접 샀다
검불과 먼지를 씻는다

렌지 위 물 두 솥
맹물 한쪽 소금물 한쪽
팔팔 끓는 맹물에 오이 하나씩 넣는다
7초 동안 끓는 물따라 오르내리던 오이
물 밖이 더욱 파랗다

항아리에 차곡차곡 포개 담았다
살을 맞댄 오이 100개
펄펄 끓던 소금물 쏟아 붓고
누름돌 올려 뚜껑 덮었다
짜디짠 소독수에 절여지며
절여지며
서서히 나를 벗는 인고의 도정
오이를 뛰어넘는 오이지의 환생

어느만큼 왔나
내 길

나팔꽃 심장

제시간을 못 맞추는 손목시계 배터리를 갈아 끼웠어
건전지에 가득 찬 단단한 연료
푸른 아침을 열고 점심을 흡입하고 저녁을 달리는 동안
슬금슬금 봄눈 녹듯 사라져 갔지
멈추기 전 느릿느릿
시간을 맞추지 못하면, 때가 된 거야
째─깍 째─깍
건전지 갈아 끼우기를 반복하는 일
몇 번이고 새 아침을 맞는 일이지
그녀는 지금 저녁을 살고 있어
몸속에 단단한 연료를 숨기고 다니지
쪼글쪼글 팔뚝 시들한 정맥이 다시 살곤 해
왼쪽 가슴 배터리를 갈아 끼우면
저녁의 아침을 열고 저녁의 점심을 흡입하고
저녁의 저녁을 달릴 수 있지
나팔꽃으로 피어 있다가
작은 바람에도 정신이 아득 해오면
심장 배터리를 바꿔주어야 해
몇 번이고 멈출 수 없는
밤으로 넘어가길 거부하는 몸짓

저절로 문 닫히는 밤이 오기까지

그녀의 가슴에서 녹고 있는

생명의 건전지

자화상1

일곱 남매의 막내인 그녀는
1950년대 중반에 태어났다
문풍지에 스며든 달빛의 고요는
동짓달 스무이레에 더욱 교교해
김씨 가문의 출생기록을 비추고 있는데
커갈수록 독특한 생김새
뿌리를 의심받았다
사춘기의 눈으로 발견한
유난히 튀는 서양 이미지
남들과 엇비슷하지 않은 슬픔이
가슴에 자리 잡아
개성 있어 예쁘다는 말 흘려듣고
늘 쓸쓸했던 기억들
그 기억은 사반세기를 지나고
반세기를 지나도 지워지지 않아
여전히 가슴 시린데
저녁 해가 대청에 발을 들여놓을 때쯤
남다른 이목구비에 슬퍼하지 않아도 된다는
그동안의 위로가 들린다
비로소 생애 내내 짊어지고 온

같음과 다름의 무의미한 의미를 내려놓은

그녀의 얼굴에 비치는 저녁빛

온화하다

자화상2

백이면 백

천이면 천

닮은 사람 있어도

똑같은 사람 없다는데

얼굴 생김새가 유난해서

슬펐던 사람

개밥에 도토리는 아닐지라도

코스모스 밭에 도라지

뭔가

다르다

이耳

목目

구口

비鼻

힐링이 필요해

하늘을 오백 원짜리 동전만하게 보고
바람에 흔들리는 잔가지처럼
사철 흔들리는 가시나무
인연으로 뿌리내린 연리목에
가시의 형체 고스란히 본뜬다
힐링*이 필요해

맥없이 풀려있던 발걸음
숨겨논 자식 만나러 갈 땐 가벼워
만나면 숨 가쁘게 들이키는 술사랑
석남의 몸으로 다시 태어나게 한다고
만삭의 배를 끌어안고
매일 임신하는 남자
힐링이 필요해

남이 볼까 병의 형체마저 없애고
비닐 봉투에 쏟아오는 알코올 사랑
태양을 향한 해바라기처럼 등만 보이는
뒷전에서 초연이란 항생제를 복용하며 견디는
중독자의 아내
힐링이 필요해

---

* 힐링Healing : 치유하다. 고치다. 화해시키다.

운동장은 알고 있다

구석진 곳에 늙어가는 겨울 한 움큼
함께 굳었던 단단한 오기 슬그머니 발을 빼고
물러진 몸에 새겨진 타이어 자국
지금은 누구라도 자국을 남길 수 밖에 없는
헐렁한 방학

야무진 발자국
공과 함께 뒹구는 탄탄한 몸
스며든 싱싱한 목소리 노래 삼아
바람 가른 땀방울로 해갈하던

그 많던 발자국은 다 어디 갔을까
그 많던 싱아*는 누가 다 먹었을까
그 많던 만국기는 어디 다 숨었을까

사막이다
그리움이다
잠들지 못한 태극기만 깃대에 발을 붙이고 있다

———————
* 싱아 : 마디풀과의 여러해살이 풀

벗

반세기를 산 후에야 만난 벗
그는 내게
세상을 노래하는 아름다운 언어를
가르쳐 주었다

삶의 높고 낮은 산, 깊고 얕은 강을
건너온 후에야 만난 벗
그는 내게
영혼의 순수를 바라보는
거대한 혜안을 열어 주었다

은어 비늘같이 반짝이는
벗의 마음에 내 마음 포개어
햇살로 퍼지는 심연의 언어로
살고 싶다

산과 강이
바람처럼 흔들리며 내게 와도
벗과 함께 즐거이 넘고 건너리
힘주어 잡은 손 놓지 않으리

네잎 클로버

손수건 흔들 듯 서서
온몸으로 우는 나무
바람이 비껴가는 오솔길에
숨어있었다

어느 날
향긋한 내음 다가와
보석처럼 캐내어져
마음 밭에 옮겨지던 날

노래
꿈
정이 묻힌 밭에서
별이 되었다

벌레 먹은 자국을 품고 온
인적 드문 산길이
메아리로 흐른다

엄마의 방

04

여명

지구, 태실胎室의 고요를 비추는 빛

가슴에 핀 살붙이 꽃

가슴에
유리 예술품처럼 투명한
쫄깃한 심장살
딱 한 입 거리 사탕 같다
몇십 년 전 숨을 놓은 어머니 얼굴
나는 누군가의 가슴살이었다
가슴살이 피붙이와 동의어라는 사실을
처음 발견하고 놀란 벌렁거리는 심장을
따뜻한 손바닥으로 위로한다
살이나 피는 때론 같은 무게로
지그시 심장을 짓누른다는 것
누르는 힘에 눈물 같은
그리움이 숨어 있다는 것

거울 –어머니

참돔 한 마리 헤엄쳐 간다
동쪽에서 서쪽으로
지칠 줄 모르는 지느러미 날갯짓
해초들의 몸짓 사이를 곡예 하듯 지나
크고 퉁퉁한 고래를 비켜가며
유영하는 물고기 떼를 지난다
희끄무레하거나 선명하거나
비오거나 개이던 날 지나며
차가운 장막을 뚫고
창살처럼 꽂히는 빛 한 줄기
가슴에 타오르는 은총의 불꽃
점점 넓히는 순백의 공간
비로소 열리는 내일

분신 —손톱

해 뜨고 해 지는 하루 걸음 짚거나
바람 불고 비 날리는 일 바라보며
매일 조금씩 드러나지 않게 얼굴 내밀어
진달래꽃이었다 초록이파리였다
이제 분홍 복숭아 꽃잎으로 돌아와
묵묵히 곡선 키우는 일 멈추지 않는다
너무 고요해 너를 잊는다
잊고 있다가 불쑥 신경 줄 하나 울려
가지치기하듯 잘라내면
피 한 방울 흘리지 않는 단단함
모태에서 떨어진 조각조각들
흩어져 흙이 되겠지
바람 속 먼지 되겠지
생명에서 떨어져나간 피부 조각에서
어제의 햇살 본다
그제의 발자국 움직인다
그끄제 한보시기 연기로 피어오른 어머니

엄마의 방

엄마 방에선 풀냄새가 난다
눈뜨면 진종일 밭을 매고
갈쿠리처럼 거친 손으로 붉은 열매 키우는
엄마에게 배인 냄새

일곱 자식 성성하게 키워 놓고
흙을 어루만지던 마음으로 받아들인 죽음에서도
풀냄새는 떠나지 않았다

엄마가 없어도 방을 지키는 향기
조금씩 조금씩 옅어 가는데
내 가슴에 살아 있는 엄마의 모습
짙어만 간다

애어리염낭거미

누에가 실을 뽑듯 음식을 뽑는 어머니
한세상 먹고 마셨다

내 어미 손발을 먹고
내 어미 가슴을 먹어 키운 몸뚱이
풀잎 접어 지은 집에서 먹고
징검다리 만들어 호적 세우는 일
대대손손 이어진 가계
이제 네 앞에 만찬을 차렸다

먹고 마셔라
피 한 방울만큼 크고
살 한 점 만큼 자라는
거미의 일생
네게 주기 위해 나를 살찌웠다
기쁨 되는 물 흐름

절반

만석공원호수를 끼고 돌다보면
수북이 모여 있는 토끼풀 사이
다이아몬드처럼 빛나는 행운 숨어있다
그 행운 끌어안고 걷다가
미완의 절반을 들여다보는 눈
유리판 위 모래화가의 손에 그려진
사물이 한순간 쓸려 사라지듯
기억의 집만 남기고 없다
한 해의 절반을 걸어온 나는 여기 있는데
한 해의 절반을 걸어갈 나도 여기 있는데
유유히 물그림자를 남기며 걷는 오리가족
흔적은 사라지지만 파동은 남는 거라고
파동도 사라지지만 길은 기억한다고
호숫가 풀밭엔 행운보다 넉넉한 행복들
그 행복 꼭 끌어안고 걷는다
마주해야 할 또 다른 절반을 향해
동쪽으로도 서쪽으로도 기울지 않는 오늘
화선지를 향해 첫 획을 긋기 전
떨리는 손에 쥐어진 붓 한 자루

주말 부부

이유 없이 쫓기다가
불현듯 깨어난 꿈
밀려오는 외로움이
무섭다

정적이 내려앉은
세시의 시침이
엷게 모습을 드러내고
횡한 옆자리가
새벽보다
더 깊다

울타리의 소중함을 느껴보는
아침

가시버시

서로 다른 길을 가다
우연인 듯 필연으로
당신과 내가 만든 이름
부부입니다

살포시 마음 열던 그때부터
굽이굽이 살아온 지금까지
서로 다른 시선의 일치를 위해
한 많은 사연들은
오늘의 우리를 만들었습니다

자연 속의 또 다른 자연이 되어
한 송이의 꽃을 소담스레 피우고보니
당신과 내가 닮았습니다

은어 비늘 같은 사랑이
출렁이는 바다가 되어
가득해진 내 마음
당신의 어깨에 기대어
지나온 시간들을 노래합니다

두 손 모아 드리는 기도에

사랑의 열매는 영글어갑니다

영글어갑니다

---

* 가시버시 : '부부夫婦'의 고유어, 예스러운 말

그랬다

창호지 같은 엷은 세상을 덧입히고
하늘 나무 흙
꽃을 그렸다
마룻바닥 윤내고
말갛게 헹군 옷 널며
눈부신 햇살에 반쯤 감은 눈으로
무지개 색깔을 세웠던 나

혼기 찬 아이만큼 살아온 동안
반짝이는 마룻바닥에 하늘 비추며
빨래를 가지런히 개는 그
내게 햇빛이 된 사람

연리지나무

얼마나 간절한 바람이었을까
굳은 뼈를 틀어 그대의 손을 잡기까지
하나하나 세포를 연결하기까지
바람 지날 때마다 파고드는 통증에
서로를 뜨겁게 바라보면서
심장의 더운 피 방울방울 넘겨주면서
31년생 나무 두 그루
제 몸처럼 하나 되었다
강물처럼 흐르는 수액의 물길
자연스레 소통하고
가슴에 품은 꿈 하나의 별로 떠
그 별을 향해 일백 년은 걸으리
얼마나 간절한 바람이었기에
그대가 나 되고
나 그대 되어
바람 부는 세상에 하나로 맺어졌는지
부부의 연분으로 이름 붙여졌는지
사랑의 나무 되었는지

혼인

앞마당 느티나무 가지에 앉아
초롱 한 눈을 반짝이며 쫑긋거리더니
흰목덜미에 푸른빛 날개를 가진
새 두 마리 집을 짓는다
느티나무 아늑한 곳에
연신 물어 나르는 자재로
제법 튼실한 집을 지어놓고
부리를 맞대고 몸을 기대는 모습
그래, 그렇게 살으렴
서로의 숨결에 의지하면서
한 백년 함께 살으렴
초여름 신방을 차린
어여쁜 신혼부부야

기다리는 마음

그가 오고 있다
잠자리 날개 같은 옷 입고
신비한 나라에서 연습한 걸음
꿈의 날개 펼치는 기지개
그가 오고 있다
신록 우거진 한여름
푸른 희망으로
한아름 선물로 안길 천사
마리아 태중에서 나신 예수처럼
딸 크리스티나에게서 태어날 아기
태명 한방앙이 '태연'으로 불리울
사랑으로 준비된 사람
오고 있다

이 세상에서의 첫 만남
가슴 설레는 기쁨이다

나비의 꿈1

숙명처럼 고치를 지닌 배롱나무
매끈한 나뭇결 은밀한 곳
텅 비어있는 집에 나비 한 마리 들였다
바람 빛깔 바뀔수록
선명히 드러나는 나비의 형체
머리 가슴 배 더듬이, 발차기를 했던가
고치는 나비의 우주, 가득 차려면 기다려야 해
이슬 비치고 문 열릴 때까진 견디자, 나비
네 날개가 구김살 없이 각 세우게 될 날은
청포도 익는 칠월
조롱조롱 매달린 고치 문 열고
안간힘 쓰며 빠져나올 나비
한동안 제집 잡고 몸 말려 각 세울
푸른 형광빛 날개
희망차겠지

나비의 꿈2

어디서 왔느냐고 묻지 마세요
몸 누일 따뜻한 방 찾지 못해
알라딘의 요술램프 같은 마법의 주전자에서
웅크리고 기다렸으니까요

계곡물 콸콸 흘러내리듯
주전자 꼭지에서 쏟아져 나온 황금빛 구름 타고
드디어 좁지만 내 방 하나 차지했어요
아늑하고 따뜻한 방
놀다 자고 놀다 자기를 반복하면서
자유롭게 날개 펴는 연습을 할 때
우주 쿵쿵 울리며 "다 너를 위한거야"라는 소리
들리곤 하지만 뼛속깊이 느껴지진 않아요
나는 꿈꿔요
날개 활짝 펴고 푸른 하늘을 나는 모습을
세상이라는 공간에 보여주는 날
'아서 캔들러의 코카콜라'처럼
꿈은 이뤄지리라는 것을
희망으로 감싸인 꿈의 제목은 '숭고한 탄생'
기다림의 마법이 풀리는 날 우리
행복이란 문패를 달기로 해요

나비야

새로 일군 밭에 정성들여 심긴 씨앗
촉촉한 흙에 몸 붙여 숨죽이더니
기氣 들어차기 시작한 여린 생명
찬찬히 고개를 든다
마술처럼 올챙이꼬리 같은 날개 달고
연이어 하나하나 생겨나는 형체
초음파사진 들여다보면
옹골찬 뼈대 파닥이는 날갯짓
하루가 다르게 크는 선명한 그림이다
눈을 감아도 밟히는 신비한 기적
그래, 그래
손잡을 날 멀지 않은 우리 자연한 소통
팔랑팔랑 달려오는 모습
귓가에 쟁쟁할 목소리 언제일까
푸른 하늘같이 반짝이는 희망
어여쁜 나의 분신

배불뚝이의 사유

지하철 노약자석에 앉아 있으면
지긋한 어르신의 눈총을 받고
서 있을라치면
앉아있는 젊은이에게 외면당하고
때론 완경에 이른 여인의 무심한 눈빛이
한참을 머무르는 배
생명을 키우는 일에 사라진 배려
세상이 서럽다
구름처럼 모이고 모였다 흩어지는 하루
삶의 시간표에서 단 한번 마주치는 지금
어머니의 출산이 아니었다면
나는 이곳에 있었을까

하루하루 완성되어 가는 도자기
선 고운 백자를 끌어안고
가마 문 열릴 날 기다리는
만삭의 그녀

먹고 마셔라
피 한 방울만큼 크고
살 한 점 만큼 자라는
거미의 일생
네게 주기 위해 나를 살찌웠다

〈애어리염낭거미〉 중에서

그가 거기에

05

태풍 매미*

작은 이름으로
부르지 않아도 달려오는
바람의 갈퀴손은
타조알만한 눈물을 던져 놓았다

안방의 목젖까지 차오른 강물은
사람마저 휩쓸어갔고
다 영글어 가던 벼이삭을 삼켜버렸다
무너진 산자락에 집도 길도 묻어놓은 채
수장된 가축들을 쳐다본다

어디가 물이고 어디가 뭍인가
공허한 가슴으로 날갯짓하는
어둠의 네 그림자는
어지럼증을 잉태하는 연결고리

눈부신 갈빛 찾아 헤매는
가녀린 손가락 사이로
떨궈 놓은 슬픔을 줍는다

---

* 2003년 늦여름에 전라도, 경상도를 강타한 태풍 '매미'의 타격으로 많은 인명피
해와 재산피해가 있었다.

숲이 되는 나무

숲 속에 나무 한그루 있다
가만히 나무의 표정을 들여다 본다
누군가의 손길로 자리 잡은 터에서
생수를 퍼 올리고
철따라 옷 갈아입으며 획을 그었다
하나, 둘
호흡이 깊어지고 가슴이 뜨겁다
돌을 소화시키는 내장을 휘둘러 선을 근다
나무의 입김이 세다
버티고 선 자리가 비좁다
맑은 계곡물을 들이키고 확장시킨 터에서
그제야 열리는 성숙의 눈
하늘이 보이고
팔에 안겨오는 햇살이 다정하다
무수히 쌓인 획이 그린 표정
거친 그 속에 숲이 앉아있다

평화의 손끝에

오밀리 쯤 비가 온다는 일기예보
바람이 거칠다
아홉 장의 편지를 부치기 위해 걷고 있는데
장난감 권총을 쥐고 오던 아이가
순간 머뭇거린다
잔디 위에 살그머니 권총을 놓고
손을 뻗쳐 제 키만 한 나무에 다가간다
잠자리 한 마리 앉아있다
숨죽인 고요 속에 바람이 흐르고
아이의 손 가까이에서 날아오르는 잠자리
허공을 바라보는 아이의 마음에 바람이 지나간다
내 가슴에도 바람이 지나간다

머리 팔 어깨 손끝이 잠자리 쉼터였던
무주 구천동의 잠자리를 아이에게 건넨다
장난감 권총을 내려놓은 그 손에
공기처럼 가벼운 잠자리 앉는다
아이가 웃는다
바람이 잔다

일어나는 산

산이 깨어난다
따사로운 햇살에 열리는 가슴
다져진 흙 위에 촉촉한 물기
나뭇가지 사이로 바람이
이야기를 나른다

꽁꽁 언 계곡
간간이 들리는 발자국에도
흩날리는 눈발에도 말없이
침묵하던 산
산이 깨어난다

마른 잎 잘게 부숴 흙 만들고
나무들 서로 등 두드리며
산이
일어나고 있다

신호등

한여름 뙤약볕 바다 질주하는 상어떼 절대 그들의 틈을 파고 들거나 앞에서 어정거리면 안 돼 행여 그의 눈총을 따갑게 하면 순간 바다 밖으로 튕겨 나갈 수 있어 저 욕망의 무리가 지나갈 때까지 침 한번 삼키고 2분 동안 기다리면 앞이 트이지 그때 살갗을 감싼 껍질을 나풀대며 흰 선 위를 지나가, 당당히 그러나 유유자적할 순 없어 삐걱대는 관절을 끌고 가기엔 모자란 꼭 30초 동안이야 초록 화살표가 하나씩 지워지는 동안만 가슴을 편 날갯짓이 가능하지

가끔 상어 무리 속에 끼어 본적 있어 그땐 30초도 길더라구

세상엔 지나고 나면 아무것도 아닌 듯 잊히는 일로 가득해

땀 쏟으며 허둥대며 그렇게 달 아래 해 아래

기다리고

건너가고

기억을 붙잡고

옷을 세탁할 때면
비누를 문질러 빨았다
빨래는 북적대는 거품 속에서
제 몸의 이물질을 쏟아내며
아우성이다

매번 빨래는 비누 녹은 몸과
한 판 굿판을 벌인 후
헹궈지며, 헹궈지며 깨끗해졌다
빨래를 할 때마다 비누는 조금씩 작아졌고
옷은 조금씩 부드러워졌다

봄, 여름 지나며 닳아 형체를 잃은 비누
올올이 드나들며 흔들어 깨운 향기는 남아
바람 지나는 길목에 스민 숨소리 듣는다

올챙이의 꿈

햇살 가득한 4월 물웅덩이
무리지어 노는 송사리떼 옆을
올챙이 한 마리 헤엄쳐 간다
터질 듯한 까만 몸통
꼬리지느러미 하나 빠르게 움직이며
물속 우주를 향해 나아간다
개나리 진달래 벚꽃 흩날리고
철쭉 눈 뜰 날 얼마 남지 않았는데
유유히 헤엄치는 올챙이
물웅덩이 벗어날 꿈을 꾼다
다리 솟아 높이 멀리 뛸 수 있는 날
푸른 옷 갈아입은 꽃나무에게
물속 소식 전해주면서
바람에 실려 온 장미향 맡을
꿈을 꾸는 올챙이
하나뿐인 꼬리 날개가 힘차다

목욕재계

장맛비 억수로 퍼붓는 새벽
빗소리 이끌려 창가에 섰다
희뿌연 비안개에 싸인 도시의 얼굴
이맘때면 살갗 쓰린 목욕재계 중

턱없이 날아와 앉던 황사
폭풍으로 날아오른 앙금
손대지 않은 채 씻김 받아
말끔한 색깔로 태어날 준비다

얽히고 설킨 세상사
폭포 쏟아지는 소리에 정신 들어
순연한 제 모습 발견한다면
한 송이 수련처럼 곱겠거늘
한 송이 백합처럼 곱겠거늘

어제
생태공원 개구리밥 뒤덮인 연못 속에
엄지 손마디만한 개구리들
은빛깔 빗줄기에 번쩍번쩍하겠다

그 밤

세 번 무릎 꿇어야 하는 삼복三伏 때면
어김없이 찾아드는 빗방울
처음 말발굽소리로 올 때만 해도
형형색색 우산 펼쳐 정다웠다
외진 숲속 붉은 불빛아래
낭만을 버무려 한 잔 걸치고 돌아오는 길
차창 밖은 폭우다
칠흑의 하늘 그 너머 안쪽
석류처럼 가득찬 번개 뭉치를 어쩌지 못해
겨울나무 형상으로 쩍쩍 내보이며
줄탁동시로 고막을 흔드는 포효
산 하나 뭉그러뜨릴 기세다
작은 배에 몸 싣고
뛰어든 밤바다
쏟아지는 폭포 가운데
어둠 삼키는 빛光의 전율
그 소용돌이에 갇혀 현기증 이는
사방바람에 흔들리던 밤

안팎으로 묻은 먼지 몽땅 털린 그 밤

그가 거기에

묵직한 기체에 안겨
바람 가르고 날아온 10시간 40분 밖
누군가 부르던 손짓 기억한다
해질 때와 해 뜰 때 구별 없이 이어져
눈부시게 대면한 첫 만남
그가 거기에 있었다
중세도시의 모습으로 나를 반기는
동유럽 프라하
볼타바 강에 얼굴 비추는 카를교를 건너며
그의 심장에 발자국을 새긴다
지구 나침반이 이곳을 향한 듯
모여든 사람들의 발소리 연주
한번 쓰다듬으면 다시 온다는
전설의 동판에 손바닥을 맞추며
다시 만남을 기약하는 우리의 눈빛
그는 거기에 있다

독도 아리랑

굽이치는 물살을 가른다
양수 속의 태아처럼 자유롭게 헤엄친다
표면에 꽃피우는 팔의 도형
광복 60년을 노래한다
자랑스러운 물개들의 축제
독도 아리랑이 춤을 춘다
태양이 바다에 잠들어도
하얗게 밝힌 어둠을 뚫고
나란히 나란히 달리는
90km의 위대한 장정
해무에 안긴 아침독도가 문을 열었다
열여덟 시간 바다와의 사투
온몸으로 부르짖는 만세, 만세다
우리 땅 독도*를
수영으로 뛰어간 조오련 삼부자
국민의 독도사랑이 배달되고
역사가 인정의 월계관을 씌워준다

---

* 2005년 8월 12일 12시 58분 울릉도를 떠나 2005년 8월 13일 07시 독도에 입성한 조오련과 두 아들 광복 60주년을 맞아 독도는 우리 땅이란 도장을 확실히 찍기 위해 18시간을 수영했다. 우리나라 사람이 우리나라 땅에 오는데 이슈가 된다는 사실이 슬프다는 막내아들의 말

겨울엔 꽃이 된다

겨울엔 꽃이 된다
가지 끝에 마른 잎은 햇살꽃
계곡물 소리 먹는 수정 같은 얼음꽃
소복한 낙엽 밟고 종종 뛰는 다람쥐꽃이
피었다
깊은 울음으로 산비둘기 노래하고
딱따구리 화음 맞추는 이야기꽃
하늘에 박힌 잔가지
흔들리는 작은 소리도 꽃이 되는 겨울산에서
나도 꽃이 되었다
겨울 산에서는 모두가 꽃이 된다

독수리와 아기 참새

나는 하늘의 제왕, 자유롭게 날며 먹이를 찾는다
날카로운 부리와 발톱으로 순간 낚아채 날아오르는

나는 어미와 형제를 잃어버린 아기 참새
날개 죽지가 부러지고 목이 타 가까스로 숨 쉬는 참새

이곳은 너를 안아줄 누구도 없다
적당한 거리에서 지켜보는 내가 있을 뿐
가늘게 잦아드는 숨 멈추기를 조용히 기다리는
너와 나의 거리는 한 뼘

피하고 싶다
벗어나고 싶다
저 번쩍이는 눈빛에서
바람에 날리는 깃털의 소리가 들리지 않는 곳으로
사라지고 싶다

순간, 목젖을 조이는 발톱
사정없이 살을 찢는 날카로운 부리
바람을 타는 비릿한 냄새가 붉다

참새 한 마리 들숨 날숨으로 삼킨

독수리의 깃털 유유하다

정화조1

어시장 한쪽 사각 유리어항
바다를 휘젓던 물고기 오글오글하다
아침에 들어온 문어 검은 먹물 쏘아대며 발광하는데
푸른 힘줄 바짝 세워 노려보는 눈
냉소의 소용돌이 흔들리고
야유의 물살 흐르다가
시간이 지날수록 잠잠해져
조용히 바닥을 들여다볼 줄 알게 된다
한 달 지난 광어는 반쯤 감은 눈으로 외면하고
석 달 된 가자미 미동도 없어
바위산 틈바구니에 돋아난 검은 석이처럼
가슴에 숭숭 바람 드나드는 외로움 찾아내
죽은 목숨이라고 내려 앉아
비로소 살포시 새로 돋는 비늘
바다에서 배우지 못한 금빛 비늘 만드는 법
작은 유리어항에서 알게 되는
살모넬라 전신에 퍼진 물고기들

정화조2

애초 이곳에 들어오기 위해 태어나진 않았어
맑고 순수한 빗방울로
흰 뼈 투명하게
푸른 잎을 쓰다듬을 때만 해도 괜찮았어
붉은 철판에 뛰어들어 붉은 물 들고
누런 황토와 뒤범벅되더니
멍들어 제 빛깔을 잃고 말았지
보라도 아니고 주황도 아닌
엉거주춤한 옷 한 벌 걸치고
몰려들어선 멍든 물
이곳에선 다 젖었다고 해
맑게 걸러진 물빛이 되어야 말랐다고 하지
휘날리던 검푸른 깃발도
수백 개 눈동자를 끌어 모으던 피뢰침도 다 같아
운동회 달리기 선상 앞에 신발코를 맞추고 기다리는
신호탄 소리를 듣고 싶어 하지
그래서 안간힘을 쓰는 거야
맑게 걸러진
아침이슬처럼 날아오르기 위해

임정의 현주소

중국 상해의 넓은 하늘아래
허름한 주택가 골목어귀
비밀 요지 대한민국 임시정부청사
집 떠나 사흘을 몸 풀던 흰 달 가슴에
깊은 무게로 파고들어 스멀거린다
폭 좁은 계단의 촉박한 오르내림
그 호흡 목소리 들리는 듯한데
싸늘하게 식은 흑백의 사진 속에서
고향 빛 물든 나그네 눈을 맞추며
반갑다, 반갑다 한다
비록 전광석화처럼 스러졌어도
살아있는 형형한 눈빛
그 눈 맞추며 고맙습니다 고국 소식 전하는데
심장의 퍼덕이는 붉은 피
임정사(임시정부청사) 문간을 타고 오르는
일년초 가을 잎에
아침햇살로 피었다

친환경 수원

산이었다 풀이었다 흙이었다
여물을 되씹는 소처럼 우직한 자연이었다
그 자리에 들어선 건물, 아스팔트
길을 누비는 자동차 대신 오늘 우리가 걷는다
세계문화유산 화성, 행궁동에서
차 없이 한 달을 살기로 한다
정조임금의 아버지 능행차 가듯
한 발짝씩 걸으며 효를 새긴다
바람을 가르는 자전거 위에
'사람이 반갑습니다' 웃음 싣고 달린다
바람의 미소가 꽃잎 위에 머물다 가고
바람의 미소가 풀잎 위에 머물다 가는
아름드리 소나무가 가지를 뻗는 든든한 산이다
손에 손잡고 일어서 함께 하는 풀이다
어머니 가슴처럼 따스한 고향의 흙이다
생태교통이 꽃피운 수원의 미래
세계와 손잡고 우뚝 선다
빛나는 별이 된다

시 문학의 높은 관문을
　　당당히 넘어 온
　　그 굳건한 결과물

지연희 | 시인, 수필가

시문학의 높은 관문을
당당히 넘어 온 그 굳건한 결과물

 시는 사물을 통찰하고 사물의 근원적 존재를 확인하는 일이다. 두터운 고정관념의 옷을 벗기는 원형질의 순수와 손을 잡는 구원 의지의 찬란한 빛줄기이다. 만물의 존재 그 시작으로 회귀하기 위한 걸음이다. 때문에 시인의 창작의 방에는 수많은 고뇌의 땀방울이 벗겨놓은 때 묻은 옷자락이 널브러져 있다. 쉽게 다가가지 못하는 순수의 모습에 닿을 수 있는 그곳, 그곳으로 독자를 초대하고 머물게 하는 작업이 시인의 창작실에서 이루어진다. 한 권의 시집이 성스럽게 탄생되고 세상에 존재의 옷을 입게 되는 곳, 2014년 초입 김태실 시인의 첫 시집 「그가 거기에」를 만날 수 있는 이유도 그 창작의 방에서 이룩한 땀방울의 결정체이다.

 김태실 시인은 근 10년 전 격월간 문학지 「한국문인」 수필부문 신인상을 받아 등단한 수필가이다. 그리고 수필집 「그가 말하네」를 출간한 지 7년이 되어 오늘 수필집과 시집을 함께 출간하는 기쁨을 나누게 되었다. 첫 시집 출간은 오랜 수필문학에 기울인 필력의 단단한 내공의 결과물임을 확인할 수 있었다. 오늘 이 시집은 시어의 향기가 배어나는 은유와 이미지 등 의미를 담는 시선이 만만치 않다. 물론 계간 「문파문학」 신인상 시 부문에 등단하여 수필과 시 두 장르를 아우르는 작업에 몰두한 지 오래되었지만, 무엇보다 시문학에 기울인 시인의 노력이 아침 햇살처럼 눈부시게 빛나고 있어 큰 시인으로의 가능성을 가감 없이 보여주고 있다.

깃발 휘날리던 한낮
서류 뭉치 끌어안고 동東 서西를 엮던 걸음
파닥이던 잔물고기를 키워내고
떫은 감 단맛 들게 하느라 분주했다
햇살 기울 무렵
군데군데 허물 벗어 속살 내비친다고
벗어 놓은 양말처럼 한쪽으로 던져진 채
휑하게 비어버린 사각틀
시계 분침같이 느리게 닫혔다 열리는 시선
가죽 소파에 들러붙어
모세혈관 세포 하나하나 찍어 내는데
창살 뚫는 젊은 햇살에 차마 손 내밀지 못하는 가슴
날마다 낡아가는 푸른 기억 잊지 않겠다고
돌리던 영사기도 주춤거리는
익을 대로 익은 저녁 빛
맥없이 지키는 허공
시간의 헐렁한 터널을 이고
놓여있다

시「가방」전문

빈 집이 양지에 앉아있다
녹슨 펌프
쑥부쟁이 키를 재는 마당 한켠에
각인처럼 새겨있는 발자국

희미한 기억을 붙잡는
세월을 펼치면
흐느끼며 달려오는
바람의 향기

황금빛 햇살이 쏟아져 내려
상고머리 물들여 놓고
맑은 눈동자에 비치는
숨 쉬는 푸른 하늘

영원을 향해 사라진
발자국 하나 가슴에 달고
오늘은 주인으로
양지에 앉아있다

혼자 섯는 나무가 흔들린다

시「빈 집」전문

문학작품은 무엇을 쓰는 일도 중요하지만 '무엇을 어떻게 쓸 것인가?' 하는 문제가 매우 중요하다는 것을 한 편 한 편의 작품을 완성하는 과정에서 체험하게 된다. 영국의 시인이며 평론가인 아널드(Matthew Arnold)는 '시는 인생 비평이다' 라고 말했듯이 김태실 시인의 시선에 포착된 시들은 현대사회 구석진 그늘에 숨죽이고 있는 인물에 대한 애잔한 손길이 머문다. 실시간으로 변화하는 현대사회 소시민 속에 감당하고 있는 가장의 고뇌가 담긴 시「가방」은 세대 계층의 갈등이 빚는 아픔이다. 밀려드는 젊음의 기운에 쇠락한 중년의 위기가 낱낱이 조명되고 있다. 디지털 현대문명의 발전에 취약한 구시대 가장의 아픔이 선명하다. '깃발 휘날리던 한낮/서류 뭉치 끌어안고 동東 서西를 엮던 걸음/파닥이던 잔 물고기를 키워내고/떫은 감 단맛 들게 하느라 분주했다'는 이 시는 이미 아날로그 시대의 유물로 퇴락한 서류뭉치의 아버지가 어린 자식들 성장시키느라 동서로 뛰어다니던 걸음(파닥이던 잔 물고기를 키워내고/떫은 감 단맛 들게 하느라 분주했다)이었지만 '창살 뚫는 젊은 햇살에 차마 손 내밀지 못하는 가슴'으로 설 자리를 잃고 직장이나 가정에서 나약한 육신으로 맥없이 허공을 지키고 있을 뿐이다.

시「빈 집」이 전달하려는 메시지는 인적 없이 고즈넉하게 비워진 아무도 살지 않는 집이 있는 고향의 농촌풍경을 그려내고 있다. 경제적 문화적 꿈의 질량을 향상시키기 위해 도시로 출향한 젊은이들은 농촌을 노령화 시키고 인구밀도를 축소하는데 일조했다. 급기야 아들과 딸이 떠나고 남편이나 아내가 생을 다하여 빈 집이 집을 지키는 주인이 된 현실의 모순을 이 시는 독자들에게 전달하고 있다. '빈 집이 양지에 앉아있다/녹슨 펌프/쑥부쟁이 키를 재는 마당 한켠에/각인처럼 새겨있는 발자국'은 빈 집에서 생동하던 삶의 흔적을 유추해 내려는 시인의 상상력이 독자의 정서를 흔들고 있다. '황금빛 햇살이 쏟아져 내려/상고머리 물들여 놓고/맑은 눈동자에 비치는/숨 쉬는 푸른 하늘'을 시간의 수레에 싣고 있는 빈집은 영혼이 빠져나간 육신처럼 공허하다. 혼자 섯는 나무마저 흔들거리는 허무를 바라보게 되는데 빈집이 그려내는 총체적인 메시지이다.

스무하루 몸 말려
가마에 든 참나무
불 지핀 순간부터 사흘 동안 태워
굴뚝 흰 연기 파란색으로 바뀔 때면
새 단장을 서서히 마친다
가마를 벗어나
활활 타다 급살 하게 흙에 덮여
다 태우지 못한 열정 감춰
좋은 숯이라 이름 붙고
서서히 가마에서 식어야 하는
사리꽃
섰거나 앉았거나 다시 불덩이 되어
그 사리마저도
흔적 없이 지우는 일

시 「숯」 전문

저녁 무렵 피었다가
아침에 오므리는 수줍은 꽃
밤마다 달빛 향해 가슴 열어
노란 이야기 주워담더니
멀리 떠나려나 봐

활짝 문 열린 동백
어제 툭 떨어져 놀라게 하더니
화단에 핀 분꽃 오늘
그 모양 닮으려나 봐

어쩌지
따뜻한 온기 손끝에 남아
아직 손들어 배웅할 수 없는데
사리 같은 *씨앗* 감추고
노오란 분꽃 지려는가 봐

시 「분꽃 지려 하네」 전문

한 송이 풀꽃 스러져
흙의 가슴에 얼굴 묻을 때
비로소 이루어지는 평안
빗줄기 구름으로 돌아가는 일이네
햇살 소리 없이 나뭇잎에 스며드는 일이네

시 「귀향」 전문

　시 「숯」은 나무가 제 몸을 말리고 태우고도 모자라 누군가를 위한 뜨거운 불꽃이 되어 순장되어야 하는 희생적 삶을 그리고 있다. 스무 하루 동안 몸속의 수분을 말리고 마침내 피할 수 없는 숙명처럼 가마에 들어 사흘 동안 몸을 태우고 숯이라는 이름을 얻게 되는 순명을 이 시는 성자의 유골과 같은 사리 꽃으로 피워 낸다. 성역聖域에 닿기 위해 수행하는 수도자의 오체투지와도 같은 온몸을 던져 진리를 깨닫는 사리 꽃의 현신을 만나게 되는 시다. '가마를 벗어나/활활 타다 급살 하게 흙에 덮여/다 태우지 못한 열정 감춰/좋은 숯이라 이름 붙고/서서히 가마에서 식어야 하는/사리 꽃'의 탄생이다. 그러나 나아가 실체의 존재를 버리는 불경 속 연기의 세계관인 무소유의 삶을 실천한 한 고승의 자취와도 같은 숯의 종말은 거룩하기까지 하다. '섰거나 앉았거나 다시 불덩이 되어/그 사리마저도/흔적 없이 지우는 일'이다.

　시 「분꽃 지려 하네」 또한 꽃으로 피었다 지는 분꽃의 삶 그 끝에 숨겨진 '사리'에 주목하지 않을 수 없다. 저녁에 피었다 아침에 꽃잎을 오므리는 분꽃의 수줍음은 밤마다 달빛을 향한 그리움의 몸짓이었다. 가슴 열어 노란 이야기 주워담더니 활짝 꽃잎 열기 무섭게 송이 채 떨어지는 동백꽃의 사랑을 닮으려는지 멀리 떠나려 한다는 것이다. '어쩌지/따뜻한 온기 손끝에 남아/아직 손들어 배웅할 수 없는데/사리 같은 씨앗 감추고/노오란 분꽃 지려는가 봐' 사리는 순결한 사랑의 절제가 낳은 해탈의 결정체이다. 그만큼 분꽃으로 사물화된 한 인물의 숨은 사랑이 엿보이는 이 시는 때 묻지 않은 사랑의 영원성을 보여준다. 앞서 언급했던 숯의 온전한 존재의 비움처럼 '한 송이 풀꽃 스러져/흙의 가슴에 얼굴 묻을 때/비로소 이루어지는 평안/빗줄기 구름으로 돌아가는 일이네/햇살 소리 없이 나뭇잎에 스며드는 일이네'라고 하는 시 「귀향」은 시 「숯」, 시 「분꽃 지려 하네」의 의도를 극명하게 제시하고 있다. 무엇을 위한 존재의 자기희생은 그 소멸로 하여 비로소 이룩하는 평안을 얻을 수 있다는 가치를 성립시킨다.

제시간을 못 맞추는 손목시계 배터리를 갈아 끼웠어
건전지에 가득 찬 단단한 연료
푸른 아침을 열고 점심을 흡입하고 저녁을 달리는 동안
슬금슬금 봄눈 녹듯 사라져 갔지
멈추기 전 느릿느릿
시간을 맞추지 못하면, 때가 된 거야
째-깍 째-깍
건전지 갈아 끼우기를 반복하는 일
몇 번이고 새 아침을 맞는 일이지
그녀는 지금 저녁을 살고 있어
몸속에 단단한 연료를 숨기고 다니지
쪼글쪼글 팔뚝 시들한 정맥이 다시 살곤 해
왼쪽 가슴 배터리를 갈아 끼우면
저녁의 아침을 열고 저녁의 점심을 흡입하고
저녁의 저녁을 달릴 수 있지
나팔꽃으로 피어 있다가
작은 바람에도 정신이 아득 해오면

심장 배터리를 바꿔주어야 해
몇 번이고 멈출 수 없는
밤으로 넘어가길 거부하는 몸짓
저절로 문 닫히는 밤이 오기까지
그녀의 가슴에서 녹고 있는
생명의 건전지

시「나팔꽃 심장」전문

가슴에
유리 예술품처럼 투명한
쫄깃한 심장살
딱 한 입 거리 사탕 같다
몇 십 년 전 숨을 놓은 어머니 얼굴
나는 누군가의 가슴살이었다
가슴살이 피붙이와 동의어라는 사실을
처음 발견하고 놀란 벌렁거리는 심장을
따뜻한 손바닥으로 위로한다
살이나 피는 때론 같은 무게로
지그시 심장을 짓누른다는 것
누르는 힘에 눈물 같은
그리움이 숨어 있다는 것

시「가슴에 핀 살붙이 꽃」전문

시 「나팔꽃 심장」은 매일 배터리를 갈아 끼워야 살아나는 손목 시계의 유한한 생명의 박동을 들려주고 있다. 푸른 아침에서 저녁이 되면 하루분의 배터리는 기력을 잃고 서서히 새로운 건전지로 갈아 끼워줘야 원활한 움직임을 지니게 된다는 것이다. '슬금슬금 봄눈 녹듯 사라져 갔지/멈추기 전 느릿느릿/시간을 맞추지 못하면, 때가 된 거야/째-깍 째-깍/건전지 갈아 끼우기를 반복하는 일/몇 번이고 새 아침을 맞는 일이지'라고 하는 언어의 은유 된 의미처럼 마치 하루의 고단한 일을 마친 피곤한 육신을 잠이라는 휴식으로 충전시키는 과정을 비유하고 있다. '으로 피어 있다가/작은 바람에도 정신이 아득 해오면/심장 배터리를 바꿔주어야 해' 그처럼 저절로 문 닫히는 밤(죽음)이 오기까지 그녀의 가슴에서 녹고 있는 생명의 건전지를 위해 배터리(밤으로 시작된 잠)는 새 아침을 여는 절대적 힘이 되어 그녀의 삶을 일으켜 세운다. 아침으로 시작하여 밤으로 닫히며 반복되는 이 하루분의 일상은 밤이면 피었다가 아침이면 지는 일을 반복하는 나팔꽃의 생태적 변화인 것이다.

'몇십 년 전 숨을 놓은 어머니 얼굴/나는 누군가의 가슴살이었다'는 메시지를 담아내고 있는 시 「가슴에 핀 살붙이 꽃」은 세상을 떠난 어머니로부터 받은 생명의 소중하고 값진 또한 지극히 애틋한 그리움의 존재라는 것을 이 시는 말한다. '유리 예술품처럼 투명한/쫄깃한 심장살/딱 한 입 거리 사탕 같다' 는 투명하고 쫄깃한 심장살(생명)을 부여받은 어머니의 피붙이인 나는 어머니의 가슴살이라는 등식이 성립된다. 나는 누군가의 가슴살 어머니의 피붙이라는 사실이다. 때문에 이 시는 가슴살이 피붙이와 동의 어라는 사실을 밝히며 살이나 피로 대리 되는 혈육이라는 관계는 눈물 같은 그리움이 가슴 깊이 숨어 있다가 큰 무게로 심장을 짓 누른다는 것이다. '때론 같은 무게로/지그시 심장을 짓누른다는 것/누르는 힘에 눈물 같은/그리움이 숨어 있다는 것'이 피와 살 (어버이와 자식, 형제들)이 연결하는 지울 수 없는 아픔이다.

참돔 한 마리 헤엄쳐 간다
동쪽에서 서쪽으로
지칠 줄 모르는 지느러미 날갯짓
해초들의 몸짓 사이를 곡예 하듯 지나
크고 퉁퉁한 고래를 비켜가며
유영하는 물고기 떼를 지난다
희끄무레하거나 선명하거나
비 오거나 개이던 날 지나며
차가운 장막을 뚫고
창살처럼 꽂히는 빛 한 줄기
가슴에 타오르는 은총의 불꽃
점점 넓히는 순백의 공간
비로소 열리는 내일

시 「거울—어머니」 전문

누에가 실을 뽑듯 음식을 뽑는 어머니
한세상 먹고 마셨다

내 어미 손발을 먹고
내 어미 가슴을 먹어 키운 몸뚱이
풀잎 접어 지은 집에서 먹고
징검다리 만들어 호적 세우는 일
대대손손 이어진 가계
이제 네 앞에 만찬을 차렸다

먹고 마셔라
피 한 방울만큼 크고
살 한 점만큼 자라는
거미의 일생
네게 주기 위해 나를 살찌웠다
기쁨 되는 물 흐름

시 「애어리염낭거미」 전문

시 「거울-어머니」는 참돔 한 마리로 대리 된 어머니의 삶을 밝힌
다. 삶이라는 생존의 바다에서 동으로 서로 헤엄쳐 다니며 지칠
줄 모르는 지느러미의 움직임을 보여주는 이 시는 화자의 기억
속에 거울처럼 또렷한 어머니의 수레를 무성 영상처럼 돌리고 있
다. '지칠 줄 모르는 지느러미 날갯짓/해초들의 몸짓 사이를 곡예

하듯 지나/크고 퉁퉁한 고래를 비켜가며/유영하는 물고기 떼를 지난다' 는 것이다. 해초들의 몸짓 사이를 곡예 하듯 지나거나, 퉁퉁한 고래, 물고기 떼라고 하는 역경을 헤쳐 온 어머니의 인고 의 삶을 비춰내지만, 어머니의 가슴속에는 꺼지지 않는 불꽃처럼 순정한 꿈이 있다. '차가운 장막을 뚫고/창살처럼 꽂히는 빛 한 줄기/가슴에 타오르는 은총의 불꽃/점점 넓히는 순백의 공간/비 로소 열리는 내일' 이라는 희망이었다. 그 희망의 중심에는 자식 들에 거는 기대가 전부였으리라는 상상을 하지만 어머니의 희생 된 삶의 거울은 눈앞의 장벽 앞에서 용기를 잃은 오늘을 사는 모 든 자식들에 전하는 귀감이 되고 있다.

  곤충류 중 절지동물에 속하는 애어리염낭거미는 자신의 몸을 빌려 막 태어난 바글거리는 어린 새끼에게 제 몸을 송두리째 내 어 주어 생명을 잇게 한다. 자식을 위한 어미의 온전한 희생이 다. 시「애어리염낭거미」는 어머니의 희생으로 살아온 내가 내 자 식을 위해 온몸을 내어 주겠다는 의지가 깊다. 내 어머니처럼 나 도 어느새 애어리염낭거미이기를 주저하지 않는다. '내 어미 손 발을 먹고/내 어미 가슴을 먹어 키운 몸뚱이/풀잎 접어 지은 집 에서 먹고/징검다리 만들어 호적 세우는 일/대대손손 이어진 가 계/이제 네 앞에 만찬을 차렸다'는 거룩한 각오이다. 우리는 내 어버이의 희생으로 오늘을 살고 있는 것이라는 메시지가 강한 동 아줄처럼 전신을 묶어내는 이 시는 아래로 아래로 흐르는 내리사 랑의 아름다움을 확인하게 된다. '먹고 마셔라/피 한 방울만큼 크 고/살 한 점만큼 자라는/거미의 일생/네게 주기 위해 나를 살찌

웠다/기쁨 되는 물 흐름' 너에게 주기 위해 내 어머니의 살을 마셨다는
희생하는 사랑의 기쁨이 아름답다.

한여름 뙤약볕 바다 질주하는 상어떼 절대 그들의 틈을 파고
들거나 앞에서 어정거리면 안 돼 행여 그의 눈총을 따갑게 하
면 순간 바다 밖으로 튕겨 나갈 수 있어 저 욕망의 무리가 지
나갈 때까지 침 한번 삼키고 2분 동안 기다리면 앞이 트이지
그때 살갗을 감싼 껍질을 나풀대며 흰 선 위를 지나가, 당당
히 그러나 유유자적할 순 없어 삐걱대는 관절을 끌고 가기엔
모자라 꼭 30초 동안이야 초록 화살표가 하나씩 지워지는 동
안만 가슴을 편 날갯짓이 가능하지

가끔 상어 무리 속에 끼어 본적 있어 그땐 30초도 길더라구
세상엔 지나고 나면 아무것도 아닌 듯 잊히는 일로 가득해
땀 쏟으며 허둥대며 그렇게 달 아래 해 아래
기다리고
건너가고

시「신호등」전문

어시장 한쪽 사각 유리어항
바다를 휘젓던 물고기 오글오글하다
아침에 들어온 문어 검은 먹물 쏘아대며 발광하는데
푸른 힘줄 바짝 세워 노려보는 눈

냉소의 소용돌이 흔들리고
야유의 물살 흐르다가
시간이 지날수록 잠잠해져
조용히 바닥을 들여다볼 줄 알게 된다
한 달 지난 광어는 반쯤 감은 눈으로 외면하고
석 달 된 가자미 미동도 없어
바위산 틈바구니에 돋아난 검은 석이처럼
가슴에 숭숭 바람 드나드는 외로움 찾아내
죽은 목숨이라고 내려앉아
비로소 살포시 새로 돋는 비늘
바다에서 배우지 못한 금빛 비늘 만드는 법
작은 유리어항에서 알게 되는
살모넬라 전신에 퍼진 물고기들

시 「정화조1」 전문

시 「신호등」은 소음이 어지러운 도심의 한여름 뙤약볕 아래 질
주하는 차량들이 신호등 앞에서 보여주는 심리적 갈등을 읽게 한
다. 물질만능 혹은 자유만능주의 속에서 욕망의 크기가 팽배한
모순의 현상을 직시하여 제시하고 있다. '한여름 뙤약볕 바다 질
주하는 상어떼'는 위협적인 대상임이 분명하다. 자동차라는 사
물성이 물고기 중에서도 그 위상을 뽐내는 상어라는 어류가 되어
권위를 과시하고 있기 때문에 그의 곁으로 틈을 파고들거나 어정
거려서는 안 된다는 경고이다. 함부로 접근하다가 패가망신을 당

하거나 순간 세상이라는 바다 밖으로 튕겨 나갈 수 있다는 것이다. 마치 욕망의 사슬에 잡혀 허욕의 늪에 빠질 수 있는 인간 사회의 단면을 보여주고 있다. 신호등 앞에서 기다릴 줄 아는 2분의 여유는 슬기롭거나 보람된 삶을 이끌 수 있는 충전의 요인이 된다는 깨우침이다. '세상엔 지나고 나면 아무것도 아닌 듯 잊히는 일로 가득해/땀 쏟으며 허둥대며 그렇게 달 아래 해 아래/기다리고/건너가고' 무엇인가에 전념하여 몰두하던 욕망의 순간도 시간의 흐름에 스며 지나가는 것임을 이 시는 간헐적인 신호등의 음량으로 보여주고 있다.

시 「정화조1」는 어시장 한쪽의 사각 유리 어항 속 바다를 떠나온 물고기들이 조금씩 생명의 호흡을 잃게 되고 좌절의 공간에 익숙해지는 과정을 들려준다. 처음 바다를 휘젓던 그 패기는 푸른 힘줄 바짝 세워 노려보거나 검은 먹물 쏘아 대며 발광을 하더니 시간의 흐름에 따라 조용히 갇힌 어항 속 바닥을 들여다볼 줄 알게 된다. '한 달 지난 광어는 반쯤 감은 눈으로 외면하고/석 달 된 가자미 미동도 없어/바위산 틈바구니에 돋아난 검은 석이처럼/가슴에 숭숭 바람 드나드는 외로움 찾아내/죽은 목숨이라고 내려앉아/비로소 살포시 새로 돋는 비늘'이다. 불행한 환경에 적응하기 위한 육신의 변화는 바다에서 배우지 못한 금빛 비늘 만드는 법으로 살모넬라균 전신에 바르고 알게 되는 아픔이다. 더불어 '정화조'는 분뇨를 깨끗이 처리하기 위한 장치를 말한다. 이 시의 제목으로 쓰인 정화조의 의도는 '분뇨'처럼 부패하고 있는 물고기를 위한 정화의 의미를 제시하는 일이다. 이는 나약한 생명 존재들에 대한 애절한 아픔이며, 무심한 생명경시에 대한 경고일 것이다.

　김태실 시인의 첫 시집 읽기를 마무리한다. 무엇보다 기쁘고 행복한 것은 이 시집이 총체적으로 응집하고 있는 작품의 우수성이다. 기대 이상의 역작이 많아 시인의 고뇌와 역량이 이룩한 결과라는 것을 확인할 수 있었다. 특히 시「숯」에 제시하는 온전한 헌신의 의미로 누군가에게 무엇이 되기 위해 '섰거나 앉았거나 다시 불덩이 되어/그 사리마저도/흔적 없이 지우는 일, 시 「애어리염낭거미」에서 보여주는 '너에게 내 살과 피를 주기 위해 내 어머니의 살과 피를 먹었다'는 부분은 눈물겨운 자기 희생의 본보기를 보여주는 감동적인 작품이 아닐 수 없다. 「분꽃 지려 하네」, 「빈 집」, 「가방」등 좋은 시를 감상하는 기쁨이 매우 커 행복했다는 것이다. 이제 시문학의 높은 관문을 당당히 넘어온 그 굳건한 노력으로 더 훌륭한 시어의 향기를 짚어 주리라는 기대를 믿음으로 작품 읽기를 접기로 한다.

그가
거기에

그가
거기에

김태실 시집